Árvores do Brasil

Árvores do Brasil

Cada poema no seu galho

Lalau e Laurabeatriz

Editora Peirópolis

Para Jair e Suzi,
e seus lindos frutos:
Alice e Mariana

Pau-brasil

Viva o Brasil
Do pau-brasil,
Ibirapitanga,
Do açaí,
Banana,
Manacá,
Manga,
Da mata fértil
E rica,
Do muriqui,
Bugio,
Jaguatirica,
Das chuvas,
Borboletas,
Tiziu,
Cachoeira,
Rio,
Tié-sangue,
Mangue,
Dias cor de anil,
Mar azul,
Viva o pau-brasil
Do Brasil.

Jaguatirica
Leopardus pardinalis

Felino de hábitos noturnos,
passa a maior parte do dia
dormindo nas árvores ou
escondido na vegetação.
Por ser bonito e exuberante,
sofre muito com os ataques
de caçadores e traficantes
de animais silvestres.

Araucária

Toda araucária
Tem o direito de ser acariciada
Pelos ventos frios do sul.
É também a ela assegurada
A companhia solidária
Da gralha azul.

De sua madeira macia,
Apenas para coisas
Que tragam alegria,
O uso é permitido:
Pazinha de sorvete,
Caixa, brinquedo,
Lápis colorido.

Entre abril e maio,
Amadurecem os pinhões.
E assim será feita
A divisão da colheita:
Para as festas juninas, milhares.
Para os bichos, milhões.

Por ser altiva, elegante
E de graça extraordinária,
Pode enfeitar horizontes,
Praças, quadros, montanhas,
Onde sua beleza for necessária.

Gralha-azul
Cyanocorax caeruleus

Ave passeriforme da família dos corvídeos. Durante o outono, quando as araucárias frutificam, as gralhas estocam pinhões no solo. Isso ajuda muito no nascimento de outras árvores.

Jequitibá

Impedir o jequitibá
De subir às alturas,
Não dá.

Se uma folha
Roçar uma nuvem,
Ou um galho
Cutucar um trovão,
Nada deverá ser feito,
A não ser admiração.

O gigante da floresta
Não teme tempestade
E, se aparecer, nem tufão.

Atravessa os séculos
Com imponência, vitalidade
E obstinação.

O alto de sua copa
É abrigo seguro para quati,
Passarinho, macaco,
Um animal aqui, outro ali.

E suas raízes imensas,
Imersas ao fundo,
São as verdadeiras
Veias e artérias do mundo.

Quati
Nasua nasua

Mamífero parente do guaxinim. Alimenta-se de minhocas, insetos, frutas, ovos, legumes e especialmente lagartos. Dorme no alto das árvores, enrolado como uma bola, e não desce antes do amanhecer.

Ipê-do-cerrado

Quem vai defender
Esse tesouro dourado?

Quem vai lutar
Para que não seja queimado?

Quem vai enfrentar
Serra elétrica e machado?

Quem vai tomar conta
Do ipê-do-cerrado?

- Eu! - prontamente respondeu
Um voluntário entusiasmado.

Um valente passarinho:
O soldadinho!

Soldadinho
Antilophia galeata

Espécie sul-americana de ave, natural das florestas subtropicais ou tropicais úmidas de baixa altitude. O macho tem um topete vermelho e costas vermelhas, com penas negras no restante do corpo, enquanto a fêmea é toda verde.

Buriti

Se tem casa destelhada,
Buriti oferece sua palha
Para proteger a morada.

Se está triste a vereda,
Buriti a transforma
Na mais linda alameda.

Se caboclo tem dor de barriga,
Buriti dá o óleo do seu fruto
Para acabar com a lombriga.

Se criança está com choradeira,
Buriti vira doce
Para ser comprado na feira.

Se tem fome a maracanã,
Buriti serve seus coquinhos
No café da manhã.

Maracanã-do-buriti
Orthopsittaca manilata

Habita a copa de buritizais,
principalmente em locais
alagados, onde buritis mortos
e ocos são abundantes
para a construção de seus
ninhos. Outro nome:
maracanã-de-cara-amarela.

Jatobá-do-cerrado

Um velho jatobá
Viu, em sua volta,
Tudo retorcido e torto.
O seu amado sertão
Parecia quase morto.

Viu que o fogo espanta
Alegria e vida,
Passarinho e anta.

- Queimada é a pior
Coisa que há.
Tristemente, disse
O jatobá.

- Queimada é sistema
De gente descuidadosa.
Certamente, diria
Guimarães Rosa.

Anta
Tapirus terrestris

Maior mamífero da América
do Sul: pode pesar até 300 kg.
Vive perto de florestas úmidas
e rios; come folhas, frutos, brotos,
ramos, plantas aquáticas, grama e
pasto. Esconde-se de dia na mata,
saindo à noite para se alimentar.

Juazeiro

Pode secar toda água
Do sertão.
Juazeiro desanima?
Desanima, não.

Pode ficar sem chover
Um tempão.
Juazeiro reclama?
Reclama, não.

O juazeiro é um forte.

Sorte do veado-catingueiro
Que tem folha verde para comer
O ano inteiro.

Veado-catingueiro
Mazama gouazoubira

É uma espécie de cervídeo
sem galhada, aqueles chifres
pontudos. Alimenta-se
de brotos de gramíneas,
leguminosas, frutas e flores.
A perda do hábitat e a caça
são as principais causas
que podem levar este lindo
animal à extinção.

Mulungu

Um passarinho
Pousou numa árvore.

Isso foi a conta
Para desentocar tatu,
Arrepiar timbu
E enfeitiçar urubu.

Toda caatinga despertou
Para tamanha beleza,
Obra e arte da natureza.

Por um momentinho,
A vermelhidão
Do mulungu
Ficou mais linda
Ainda de se ver,
Quando a ela
Se juntou
O coloridinho
Do sofrê.

Sofrê
Icterus icterus jamacaii

É uma das aves mais interessantes do Brasil, tanto por sua beleza como por seu canto e capacidade de imitar outras espécies. Vive em bandos e separa-se em casais na época de reprodução. Outro nome popular: corrupião.

Umbuzeiro

O umbuzeiro no agreste,
É um imenso guarda-sol
Que se presta
A descanso e sombreamento.

A qualquer momento
É bem-vindo bicho, ou vaqueiro,
Ou viajante em busca
De breve sossego.

É árvore pequena,
Mas de sete instrumentos:
Dá suco, água, alimento,
Remédio, vinho, vitamina
E aconchego.

O periquito-da-caatinga
Muito se aproveita
Dessa generosidade.
Quando um bando se reúne
Para comer umbu,
É um banquete de verdade!

Periquito-da-caatinga
Aratinga cactorum

Ave que se alimenta de frutas, principalmente umbu. Costuma voar em pequenos bandos (entre seis e oito indivíduos). Pode ser encontrada no cerrado, mas é nativa da caatinga, e pode viver cerca de 30 anos.

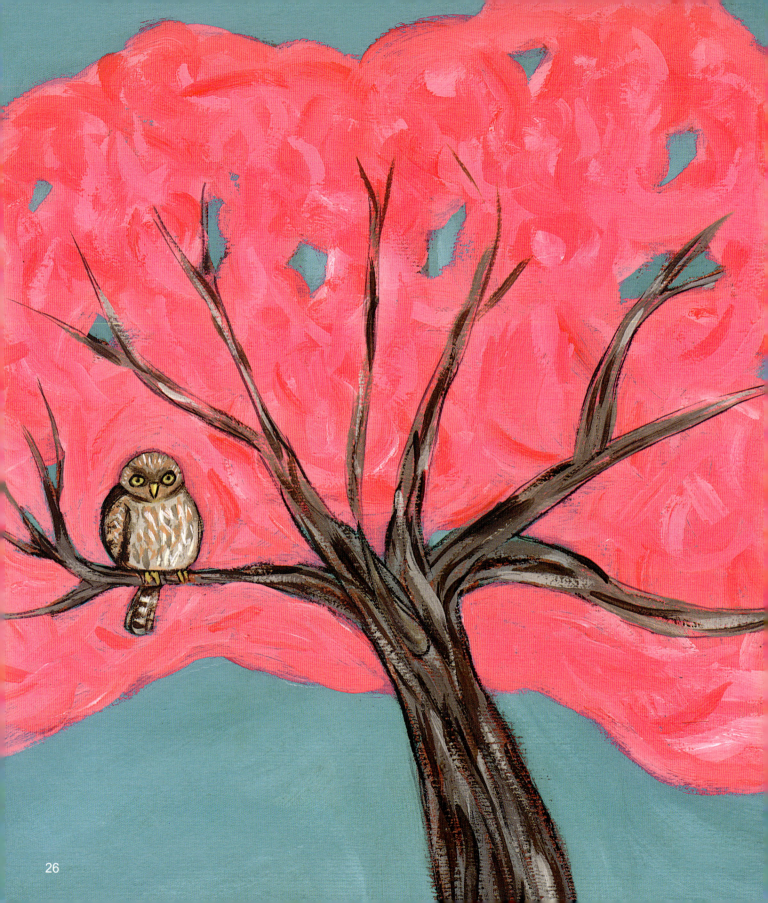

Ipê-roxo

O ipê
Foi para a cidade.
O caburé
Ficou com saudade.

O ipê
Enfeitou avenida.
O caburé
Desanimou na vida.

O ipê
Vive na rua.
O caburé
Chora para a lua.

O ipê
Vai voltar!
O caburé
Vai se alegrar!

O ipê crê,
O caburé tem fé.

Caburé
Glaucidium brasilianum

Uma das menores corujas
do Brasil, do tamanho de
um pardal. Mas é bastante
agressiva: chega a abater
presas maiores do que ela!
Vive em todo o Brasil.

Jenipapo

O jenipapo sentiu
Uma coceira malvada:
Era um besouro.

O surucuá
Comeu o besouro
Com mungunzá.

O jenipapo ouviu
Uma cantoria danada:
Era uma cigarra.

O surucuá
Comeu a cigarra
Com farofa de fubá.

O jenipapo sofreu
Uma alergia desgraçada:
Era uma lagarta.

O surucuá,
Com a barriga forrada,
Guardou a lagarta
Num samburá!

Surucuá-de-barriga-vermelha
Trogon curucui

Habita boa parte da América
do Sul. Alimenta-se de insetos e
frutinhos pequenos. Faz o ninho
nos cupinzeiros suspensos em
árvores, cavando um túnel e uma
câmara interna.

Pau-formiga

Será mais uma brincadeira
Da magia pantaneira?

Formigas imitam
Sangue e seiva
Dentro do tronco oco.

Ó calvário louco,
De um sobe e desce sem fim!
Eita, vidinhas-andarilhas
Que vêm e vão!

Para Manoel de Barros,
Formiga é poesia e diversão.

Para tamanduá-mirim,
Fartura e festim.

Tamanduá-mirim
Tamandua tetradactyla

Mamífero que se alimenta
de insetos, principalmente
formigas e cupins. Utiliza
sua língua comprida para
capturá-los. Encontrado da
Venezuela ao Sul do Brasil.

Castanheira-do-pará

- Ufa, castanheira,
Que canseira!
Subi e desci três vezes
Aquela montanha.

- Que correria, cutia.
Tome lá uma castanha.

- Ai, castanheira,
Que tremedeira!
Quase morri de medo
Por causa de uma aranha.

- Que agonia, cutia.
Tome lá uma castanha.

- Vige, castanheira,
Que besteira!
Confundi de novo
Lambari com piranha.

- Que mania, cutia!
Tome lá uma castanha.

- Ah, castanheira,
Querida companheira!
Tanta gentileza,
Será que mereço?

- Quem diria, cutia!
Eu que agradeço.

Cutia
Dasyprocta aguti

Mamífero roedor de pequeno porte. Enterra as castanhas-do-pará para comer depois. As que não come viram sementes para novas castanheiras.

Piquiá

A paca pegou o elevador
E subiu pelo piquiá.

Primeiro andar,
Insetos grandes e pequenos
Passeiam pelo tronco firme
De casca grossa e carnuda.

Sexto andar,
Flores bem amarelinhas
Explodem de felicidade
Feito fogos de artifício.

Décimo andar,
Frutos redondos e gordinhos
Escondem bagos polpudos,
Espinhos traiçoeiros
E amêndoas deliciosas.

Cobertura,
Vista panorâmica de toda a floresta,
E milhões e milhões de árvores
Em festa!

E um céu manso,
Como as águas de um remanso.

E um céu suave,
Como as plumas de uma ave.

Paca
Cuniculus paca

Espécie de roedor que habita as florestas tropicais da América do Sul. É boa nadadora e vive, de preferência, perto de um rio ou riacho. Sua toca tem muitas saídas de emergência, que utiliza quando está em perigo.

Uacari
Cacajao calvus

Vive no alto das árvores,
é raramente encontrado no chão.

Macaco-da-noite
Aotus infulatus

Primata de hábitos noturnos,
uma das espécies exóticas
da Amazônia.

Macaco-aranha
Ateles paniscus paniscus

Com ajuda da cauda comprida,
movimenta-se com agilidade
pelos galhos.

Mogno

Nos galhos do mogno,
Empoleirados,
Três macacos
Preocupados.

O uacari fez
Um discurso implacável:
- A partir deste instante
E em caráter irrevogável,
Todo mogno
Passa a ser intocável!

O macaco-da-noite
Falou em nome da Amazônia:
- Outra decisão importante
É que, no Acre, no Pará
E em Rondônia,
Mais mogno se plante.

E o macaco-aranha
Fez, por fim, seu apelo:
- Que entre mogno e homem
Jamais exista duelo.
E que esta sublime amizade
Receba bênçãos e versos
De Thiago de Mello.

Árvores
do Brasil

Mata Atlântica

Pau-brasil

Caesalpinia echinata Lam.

Árvore nativa da mata atlântica, seu nome em tupi-guarani é ibirapitanga, ou "madeira vermelha". Logo depois do descobrimento do Brasil, foi muito explorada pelo comércio e contrabando. Alcança entre 8 e 15 m de altura, e possui tronco reto, com casca cinza-escuro. Sua madeira é utilizada para fabricação de arcos de violino. É ornamental, florescendo durante os meses de setembro e outubro. Encontra-se na lista do Ibama de espécies ameaçadas de extinção, na categoria vulnerável.

Araucária

Araucaria angustifolia (Bertol.) Kuntze

Espécie nativa do Sul do Brasil que está na lista oficial das espécies da flora brasileira ameaçadas de extinção. Restam apenas 2% dos 20 milhões de hectares originalmente cobertos pela floresta de araucária. Sua madeira é indicada para a fabricação desde brinquedos, caixotes, móveis e palitos de fósforos até postes e mastros de navios. Também conhecida como pinheiro-do-paraná, sua altura varia de 20 a 50 m, e suas sementes são consumidas por seres humanos e animais. Floresce durante os meses de setembro e outubro.

Jequitibá

Cariniana estrellensis (Raddi) Kuntze

Símbolo da fraternidade nacional, é a maior árvore da mata atlântica: de 35 a 45 m de altura. Por isso, os índios o denominaram "gigante da floresta". Sua madeira é utilizada para fabricação de móveis, molduras, saltos de sapatos e cabos de ferramentas. Floresce durante os meses de outubro e dezembro. No Parque Estadual do Vassununga, em Santa Rita do Passa Quatro, no estado de São Paulo, encontra-se um imenso jequitibá-rosa (*Cariniana legalis* (Mart.) Kuntze), com idade estimada em 3.050 anos, e ele ainda frutifica.

Cerrado

Ipê-do-cerrado

Tabebuia ochracea (Cham.) Standl.

É uma árvore ornamental, que pode atingir 14 m de altura. Entre agosto e outubro, perde totalmente sua folhagem, para florescer depois em lindos cachos amarelos. A madeira é usada em tacos, assoalhos, dormentes, postes, peças torneadas e instrumentos musicais. Sua casca fornece um corante azul. Está na lista de espécies ameaçadas do estado de São Paulo.

Buriti

Mauritia flexuosa L. f.

É uma palmeira muito popular na região do cerrado. Mede entre 20 e 30 m de altura. Produz grande quantidade de frutos, que podem ser consumidos ao natural, na forma de sucos, sorvetes, doces, óleo (extraído da polpa) ou desidratados. Além disso, sua palha é usada para cobertura de casas, e sua seiva para produção de vinho. Só sobrevive em locais alagados. Floresce durante quase todo o ano, com mais intensidade nos meses de dezembro e abril.

Jatobá-do-cerrado

Hymenaea stigonocarpa Mart. ex Hayne

Árvore de pequeno porte, não ultrapassando 10 m de altura. Encontrada no Piauí, Bahia, Goiás, Minas Gerais, Mato Grosso do Sul e São Paulo. É ornamental, e floresce durante os meses de outubro a abril. Pela dureza e resistência de sua madeira, é muito aplicada na construção civil e naval. Sua fruta produz uma farinha utilizada em receitas de biscoitos, bolos, pães, doces e sorvetes.

Caatinga

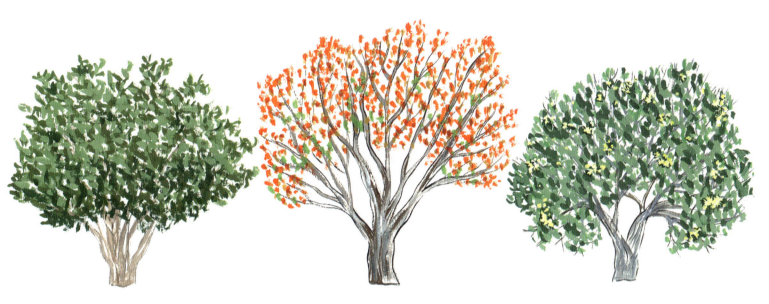

Juazeiro

Ziziphus joazeiro Mart

Tem o tronco espinhento e pode atingir 10 m de altura. Encontrado do Piauí até o norte de Minas Gerais. Floresce durante os meses de novembro e dezembro; seus frutos são comestíveis e ricos em vitamina C. Suas raízes compridas encontram umidade nas camadas mais profundas do solo. Por isso, sobrevive aos tempos de seca, e está sempre verde. As folhas alimentam o gado e animais silvestres. Também conhecido como juá.

Mulungu

Erythrina velutina Willd

Atinge a altura de 8 a 12 m. Entre setembro e outubro, fica desfolhada, mas totalmente coberta por flores vermelhas, que se destacam na paisagem seca da caatinga, e atraem muitos pássaros que sugam seu néctar. Sua madeira leve e pouco resistente serve para confeccionar cochos, gamelas, tamancos, jangadas, brinquedos e caixotes. É também usada para cercas vivas e ornamentação de ruas e avenidas.

Umbuzeiro

Spondias tuberosa Arruda

Árvore de pequeno porte, atingindo em torno de 6 m de altura. A copa, porém, é bem esparramada, chegando a 15 m de largura. Sua raiz conserva água e produz uma batata que, em época de seca, é utilizada como alimento. Por isso, foi chamada de "árvore sagrada do sertão" por Euclides da Cunha (autor de *Os Sertões*). Floresce de setembro a dezembro. O fruto é muito apreciado pelo homem e bichos da caatinga.

41

Pantanal

Ipê-roxo

Tabebuia impetiginosa (Mart.) Standl.

Quando floresce, entre junho e agosto, representa um belo espetáculo da natureza. Espécie bastante utilizada no paisagismo urbano, em geral na região Sul do país. Mede cerca de 8 a 15 m. Oferece madeira de excelente qualidade, utilizada até para a fabricação de bolas de boliche. Serve também para arcos de violino e instrumentos musicais, por isso recebeu o nome popular de pau-d'arco. Muitas substâncias de uso medicinal são extraídas de sua casca.

Jenipapo

Genipa americana L.

Tem o caule bem reto, medindo cerca de 8 a 14 m. A madeira é utilizada para construções de casas e móveis. Floresce durante os meses de outubro a dezembro. A polpa do fruto serve para produzir licores, refresco, vinho, refrigerantes e doces. Seu nome vem do tupi-guarani e significa "fruto que serve para pintar". A casca do tronco e os frutos verdes são usados para tintura de tecidos, utensílios domésticos e pelos índios, quando pintam o corpo.

Pau-formiga

Triplaris brasiliana Cham.

Árvore tropical majestosa, ornamental, de 8 a 20 m de altura. Floresce durante os meses de agosto e setembro. Possui madeira de baixa resistência, usada para tábuas, caixotes e embalagens leves. Seu tronco é elegante e oco, abrigando formigas em seu interior. É uma relação de simbiose, que acontece quando seres de espécies diferentes vivem como um só organismo, um ajudando o outro.

Amazônia

Castanheira-do-pará

Bertholletia excelsa O. Berg

Está entre as maiores árvores da Amazônia: atinge de 30 a 50 m. Pode viver mais de 500 anos. Floresce durante os meses de novembro a fevereiro, e é conhecida internacionalmente por suas deliciosas castanhas. A madeira é de excelente qualidade, porém sua extração está proibida por lei no Brasil, Bolívia e Peru. O corte ilegal e a abertura de clareiras representam uma ameaça contínua para essa árvore.

Piquiá

Caryocar villosum Pers.

É uma superárvore, que atinge de 20 a 45 m de altura. Tudo nela é aproveitado. A madeira forte é utilizada na construção naval e confecção de postes, mourões e dormentes. Além dos frutos deliciosos, suas grandes flores amarelas são muito nutritivas e atraem diversos animais. Floresce durante os meses de agosto a setembro. Ocorre em matas de terra firme da região amazônica.

Mogno

Swietenia macrophylla King.

Pode atingir a altura de 25 a 30 m, com tronco de 50 a 80 cm de diâmetro. Floresce durante os meses de novembro a janeiro. A madeira de aspecto castanho-avermelhado é muito bonita e usada na produção de móveis e instrumentos musicais. A extração clandestina é um importante fator de devastação da floresta amazônica. Atualmente, o corte do mogno é proibido no Brasil.

Lalau e Laurabeatriz

Desde 1994, Lalau e Laurabeatriz são grandes amigos e fazem livros para crianças. Lalau é paulista, poeta, publicitário, casado e tem um filho. Laurabeatriz é carioca, artista plástica, ilustradora, casada, tem quatro filhos e três netas. O meio ambiente e os animais brasileiros estão presentes em muitos títulos que eles já produziram. Agora, fizeram este livro, que apresenta algumas das árvores mais importantes do nosso país. É uma homenagem a essas verdadeiras maravilhas da natureza, que nos dão sombra e frutas, evitam que a erosão acabe com nossos rios, oferecem abrigo e alimento aos bichos, ajudam a retirar poluentes do ar que respiramos e deixam a vida mais bonita e florida.

Agradecimentos

Luis Fabio Silveira

Referências

LORENZI, Harri. *Árvores brasileiras: manual de identificação e cultivo de plantas arbóreas nativas do Brasil*. Nova Odessa: Plantarum, vols. 1 (1992), 2 (1998) e 3 (2009).

SILVA JÚNIOR, Manoel Cláudio da. *100 Árvores do cerrado: guia de campo*. Brasília: Rede de Sementes do Cerrado, 2005.

Sites visitados

www.mp.ba.gov.br/atuacao/ceama

BEZERRA, Mary Ann Saraiva. *Aves da caatinga: características morfofisiológicas*. Petrolina-PE: Instituto Federal de Educação, Ciência e Tecnologia, 2010. www.projetocaatinga.ifsertao-pe.edu.br

Centro Nacional de Pesquisa e Conservação de Primatas Brasileiros. www.icmbio.gov.br/cpb

Centro Nacional de Primatas. www.cenp.org.br

SESC. *Guia das aves do Pantanal*. www.avespantanal.com.br

The International Plant Names Index. www.ipni.org.br

Revisão técnica

Jardim Botânico de Brasília

Equipe

Juliana Rodrigues Barroso Vidal – Bióloga

Lauana de Queiroz Silva – Supervisora de herbário (bióloga)

Mariana de Souza Oliveira – Gerente de fitologia

Valdina Ferreira de Paiva – Técnica de herbário

LIVRO VERDE

Você sabia que 2011 é o Ano Internacional das Florestas?
As Nações Unidas declararam 2011 o Ano Internacional das Florestas para estimular a reflexão e a ação humana em prol da conservação e gestão sustentável de todos os tipos de florestas do planeta.

A marca FSC® é a garantia de que a madeira utilizada na fabricação do papel interno deste livro provém de florestas de origem controlada e que foram gerenciadas de maneira ambientalmente correta, socialmente justa e economicamente viável.

Livro verde
Este livro é verde porque foi impresso em papel certificado pelo FSC – Forest Stewardship Council® (Conselho de Manejo Florestal) –, em gráfica que faz parte da sua cadeia de custódia.

O que é o selo verde?
O selo verde é concedido pelo FSC para os produtos que se enquadram no manejo florestal responsável.

Copyright © 2011 do texto Lalau
Copyright © 2011 da ilustração Laurabeatriz

Editora
Renata Farhat Borges

Editora assistente
Lilian Scutti

Produção gráfica
Alexandra Abdala

Produção editorial
Carla Arbex

Projeto gráfico e capa
Thereza Almeida

Revisão
Jonathan Busato

Editado conforme o Acordo Ortográfico da Língua Portuguesa de 2009.

Dados Internacionais de Catalogação na Publicação (CIP)
Vagner Rodolfo CRB-8/9410

Árvores do Brasil: cada poema no seu galho / Lázaro Simões Neto (Lalau) ; ilustrado por Laurabeatriz. – 2. ed. - São Paulo : Peirópolis, 2017.
52 p. : il. ; 22 cm x 24 cm.

Inclui bibliografia.
ISBN: 978-85-7596-549-8

I. Lalau. II. Laurabeatriz. III. Título.

CDU 82-93   CDD-028.5

Índices para catálogo sistemático:
1. Literatura infantojuvenil. 2. Poesia. 3. Árvores do Brasil.

2ª edição, 2017
6ª reimpressão, 2024

Disponível em e-book nos formatos ePub (ISBN 978-85-7596-427-9) e KF8 (ISBN 978-85-7596-432-3)

Editora Peirópolis Ltda.
Rua Girassol, 310f | Vila Madalena | 05433-000 | São Paulo/SP | tel.: (11) 3816-0699 | cel.: (11) 95681-0256
www.editorapeiropolis.com.br | vendas@editorapeiropolis.com.br

MISSÃO

Contribuir para a construção de um mundo mais solidário, jus to e harmônico, publicando literatura que ofereça novas perspectivas para a compreensão do ser humano e do seu papel no planeta.

A gente publica o que gosta de ler: livros que transformam.